고향이 없다던 아이

고향이 없다던 아이

2023년 8월 25일 제 1판 인쇄 발행

지 은 이 ㅣ 라춘실
펴 낸 이 ㅣ 박종래
펴 낸 곳 ㅣ 도서출판 명성서림

등록번호 ㅣ 301-2014-013
주　　소 ㅣ 04552 서울시 중구 삼일대로8길 17 3~4층(충무로 2가)
대표전화 ㅣ 02)2277-2800
팩　　스 ㅣ 02)2277-8945
이 메 일 ㅣ ms8944@chol.com

값 10,000원
ISBN 979-11-92945-68-2

이 책은 한국예술인복지재단의 2023년도
창작지원금으로 발간 제작 되었습니다.

고향이 없다던 아이

라춘실 시집

도서출판 명성서림

라춘실

화백문학 시 부분 신인상등단
한국산림문학회 회원
한미문단 회원
동방문학 회원
송산 시문학 동아리 부회장
시   집 『나도 다섯 살 아이였다』
        『고향이 없다던 아이』
동인지 『부용천에서 부르는 노래』 5집
        『나의 향기를 찾아서』 6집
E mail keundo115@naver.com

시인의 말

나의 봄은 어느 사이에 지고 있건만
자연은 물어보지도 않고
크고 작은 새순을 바쁘게 피운다.
작은 풀꽃향 퍼질 즈음
이 산 저 산에 앞다투듯 열리는 꽃잔치….

어느 사이, 젊은 날 소식은 바람이 되고
계절 계절에 잠시 머무는 순간마다
바람에 실려 오는 지난 시간이 애잔함으로 흐른다
볼 수 없는 안타까움이 깊어지면
고향이 없다고 바보 같은 대답을 하던 아이

팔십 고개에
스쳐 간 흔적과 생각의 조각을 모아
나의 계절이 가기 전
그리운 사람들과 함께 하고프다.
벌써
촉촉하게 젖는다.

2023년 아직은 그리움이 푸른 계절에
라 춘 실

2

•

나는 아직 서툴기만 하다

4

●

고향이 없다던 아이

1부

풀꽃처럼

봄소식에

어디에 숨어있든
햇살이 구석자리 비추면
뾰족이 눈을 뜨겠지

들풀 들꽃을
차례차례 깨우는 바람
꽃다지 냉이 쑥 민들레가 손 흔들겠지

어제는 노랑바람 민들레 개나리
오늘은 분홍바람에 미소짓는 진달래
내일은 보랏빛바람에 제비꽃이 답하겠지

예쁜 세상 만드는 반가운 얼굴들
희망을 가져라
매일 노래하겠지

누가 매화 소식을 마다할까

뭐가 그리 그리웠을까
다들 아직 기다리는데
촉촉한 물오르기
풋풋한 봄바람 기다리는데

쌀쌀한 바람 두려워않고
떠나는 겨울 아쉬워 내린 눈 속에서도
꿋꿋한 마음 변함없이
너만 홀로 우아하네

잎도 없이 꽃 봉지 펼칠 때
퍼지는 은은한 향기
어느 누가 너의 첫소식 마다할까
누가 너의 그윽함을 거부할까

혼자 보기 아까워 어찌할거나
화가를 부를까
시인을 부를까
혼자 보기 아까워 어찌할거나

올괴불나무꽃

산길 옆에 비켜서
가는 가지에 작은 별같이
꽃인 듯 아닌 듯
보일 듯 말 듯
피어있는 앙증맞은 꽃

네가 누군지 궁금해
식물도감의 도움을 받아
이제야 네 이름 알았어
올괴불나무 꽃이라는 걸
낯설은 이름에 놀랐어

진달래보다 먼저 피고
여인의 노리개를 닮은 이름
꽃샘추위 잊은 듯
연분홍 가벼운 날개 펴며
붉은 꽃술 흔드는 춤사위가 신비로워

어울려 살아보자고

살랑살랑 강아지풀
칡넝쿨 너풀너풀 춤추고
내 종아리 가시로 휘어감는
환삼덩굴이 한창인 여름

철 잊은 쑥, 질경이, 씀바귀
한들한들 뽐내는 쑥부쟁이 틈을 비집고
저마다 몫으로 자리를 하네

긴 머릿결 나풀대듯
소리쟁이 물결치면
보랏빛 얼굴 삐죽 내민 지칭개
뽀리뱅이 사이 끼어들어
어깨동무 하자네

개울둑 뒤뚱뒤뚱 먹이 찾는 오리떼
풀과 풀꽃사이 헤집는 모습까지
하나하나의 풍경이
수채화처럼 채워지는 백석천

어울려 살아보자고
함께 하자네

풀꽃처럼

제대로 아는 이름 하나 없는데
산책길 모퉁이에 핀 풀꽃이 참 곱다

무심히 지나치던 들길이
소박하게 피어난 꽃들로 환하다

바람에 흔들리며 눈길을 사로잡으니
웃음도 저절로 행복으로 피어난다

발길을 멈추게 하는 풀꽃처럼
사람의 결도 향기롭길 기도해 본다

각시붓꽃

호젓한 산기슭에
수줍어 고개 숙인 보랏빛 꽃
바람도 향기도
꽃 주변을 노니는데

그 길 걷는 이들은
무지한 발길에 상처 입을까
까치발로 조심조심
연둣빛 잎에 숨은 철없는 새들도
새색시 닮은 모습 지키려
작은 소리로 기척을 하며
날개 접고 꽁지만 까닥까닥

바람 타고 오는 무지개 소식
바라고 또 바라지

외로운 산철쭉

연둣빛으로 짙어지는 숲속
연분홍 옷으로 치장한 여인
쓸쓸한 마음 슬쩍 숨기고
지나는 길손에게 곁눈질 하네
산비탈에 숨어
살랑거리는 바람과 숨바꼭질
푸른 잎 사이로 드러나는
우아한 여인의 외로움
바람결에 슬그머니 다가와서
길손과 속삭임의 만남도 잠시
다시 외로운 고요 속으로
어둠의 숲으로
슬며시 숨어버리는 여인이여

그때는 몰랐지요

목련꽃 우아해도
나는 좋아하지 않았지요

떨어질 때 큰 꽃잎 너풀너풀 헤지고
구겨져 향기가 없어서
꽃이 버린 부끄러움 보기가 서러웠지요

시간이 흘러 내 머릿결 바래고
추한 모습으로 떨어지는 꽃잎의 마음
그 또한 삶의 일부라는 걸

아직 지지 않은 꽃봉오리 올려다보며
생명 있는 것의 마지막 모습인 것을
그때는 몰랐지요

삶의 껍질

양파 껍질 벗기니 눈물이 찔끔
다시 벗기니 하얀 속살이 드러난다

처음 만남에서 체면 차리며 서먹하고
두세 번 만나면 속살이 보일랑 말랑
그 다음부터 속사정이 툭툭
껍질을 벗기 시작 한다

부모님의 사랑과 갈등
아옹다옹 어린 시절 형제들의 아련한 추억
젊은 시절 연인을 만난 행복의 순간
자식들 키우며 애 끓이던 이야기

지금도 우리들의 삶의 껍질은
속으로부터 자라며 두터워지고
누군가에게 껍질을 벗으며
툭 털어내는 몸짓에 눈물샘이 아리다

철이 덜 들었나보다

아직 철이 덜 들었나보다

이 나이에도 청춘드라마를 보며
주인공 같이 슬퍼하고 설렌다
70대 나는 온데간데없고
20대 시간으로 여행을 떠난다

별다른 경험도 없던 시절
상대의 마음도 내 마음도
헤아리지 못한 채
세상 무서움도 모르고
영화 속같이 아름다움과
낭만만 있는 줄 알고 즐거웠었지

기쁨은 잠시 시간 밖으로 나오니
귀밑머리 희끗희끗
손등은 검버섯과 주름살투성이

지금의 청춘들 어떤 꿈을 꾸고 있을까
남모를 괴로움에 힘겨워하고 있을까
먼 하늘 올려보며 마음이 아려온다

코로나19가 뭐 길래

길 위에 반짝거리는 동전
구경하다 무리를 놓쳤다
당황하여 사방을 두리번두리번
이유를 모른채 뒷사람 꽁무니를 쫓아간다
왼쪽 골목으로 들어서니
학교 건물이 나타나고
언제 모여들었는지 많은 사람들
줄을 서서 뭔가를 기다리고 있다
교실로 들어가려다
마스크를 안 한 사실에 주춤
애를 태우며 주머니를 뒤지며 마스크를 찾다가
놀라 잠이 깼다

아! 다행이다
꿈이 었구나
코로나19가 뭐길래

그리움

그가 떠나고
시간은 흐르고
흐른 시간에 나만 남았다

같이 했던 공간과 모든 시간
그와 걸었던 고궁의 뜰
광릉숲길을 걸으며 나누던 이야기
아침저녁 오가며 바라보던 아차산
점심 후에 거닐던
벚꽃 날리던 석촌호수
곳곳에 그가 있다
사진 속에서 웃고
검은 수첩은 그의 글을 품고 있다
큰아들 속에서 문득 나타나는 그를 본다
이것이 그리움인가

나는 아직도
그의 노트와 카키색 트렌치코트를
버리지 못했다

우각선인장 꽃

다른 애들과는 다르구나
기둥 같은 볼품없는 몸
몇 날이나 뜸들이더니
풍선처럼 부풀린 꽃봉지
드디어 오늘 저녁 터트렸구나

큰 별 아니 불가사리 인 듯
그 모양 그 색깔 놀랐어
이상한 나라에서 왔을까
공룡시대에서 나왔을까
털까지 달고 활짝 폈구나

어두운 자주색 꽃
이름도 여러 가지구나
서우각선인장, 스타펠리아
다른 애들과는 다르게
피운 큰 꽃이 당당하다

젖은 할미꽃

누구의 것인지도
알 수 없는
무덤을 굽어보며
뽀시시 하얀 솜털
떨고 있는 할미꽃

쓰러지기 직전까지
어딘지도 모르고
딸을 찾던
할머니의 슬픈 이야기
이슬방울 할미꽃에 맺힌다

봄 햇살에 긴 속눈썹 감기고
꼬부라진 허리
뼈도 삭지 못한 그리움
하늘 한끝 잡고
젖은 할미꽃 허물어진다

보름달

둥근달도 시간이 필요하지
어둠이 있고
해와 별 바람과 구름이 있어
멋진 달빛 더욱 빛날 수 있었지

너와 나도 자라며 살아가며
항상 옆에 누군가가 있었지
아이들 키울 때 이웃이 있었고
외로울 때 친구들이 있고
마음이 아플 때 위로해주는
다정한 형제가 있어 밝을 수 있었지

언제나 누구나 상처도 행복도 함께하며
서로의 마음에 흔적을 남기듯
밝은 둥근달도 가만히 바라보면
얼룩진 흔적이 남아 있었네

지금 그냥 너무 좋다

아우성 요란한 비바람이 할퀴어도
모든 고통과 시름 놓아버리고
맑고 고운 빛깔로 옷을 입었다

시원한 바람에 상처 아물었는지
우리를 위로해주는 가을 산은
풍요의 열매로 기쁨을 나눠 준다

지난가을과 다르게 물들어도
또 다른 추억을 덧칠하며
붉게 물들어가는 가을 산

붉은빛이 진할수록 아름다움도
슬픔과 아쉬움으로 짙어진다

지금 그냥 너무 좋다

바위틈 생명

눈보라 폭풍
어둠 속 두려움
불타는 갈증에 시달리던
많은 시간 아랑곳하지 않고
숲속 파란 이끼 시간을 채워갈 때
오고 가는 계절 탓하지 않으며
바위틈 사이에 서 있는
늙은 소나무 한그루

검푸른 옷에 갑옷 두르고
성문을 지키는 장수처럼
당당하게 서 있다
멀리 계곡을 흐르는 생명의 소리
귀 기울여 들으며
지난 시간을 지워간다

내일도 모래도 그곳에서
삶은 이런 것이라고
생명의 끈질김을 보여 주려는 듯
맞바람 맞으며 서 있다

가을의 향기

꽃사과 꽃 떨어진 자리
햇살과 바람 품어
앙증맞고 예쁜 열매 조롱조롱
빨간 보석처럼 빛나고 있다

까치 참새 가지 위에 파닥거리고
알 수 없는 새들도 모여들어
조잘거리며 빨간 열매에 입맞춤 할 때
길갱이 가을바람에 한들한들
꽃피웠다 하늘에 출렁인다

산책하는 사람들 발걸음도 가볍다
가을은 깊어가고
나이는 늘어가도
무겁던 생각을 바람에 날리며
가슴을 활짝 펼치니
가을의 향기 안으로 온다

2부

나는 아직 서툴기만 하다

오늘은 반짝

평범한 저녁 일상을 시작하려는 때
하늘이 무엇에 노했는가
사정없이 물 폭탄을 쏟아 부었다
장대비가 도시를 삼킬 기세로
차량들과 사람들도
가리지 않고 쓸어갔다
하룻밤 사이 날벼락에
산은 산대로 집은 집대로
깊게 할퀴어져 갔다

누구를 탓하랴
우리 모두가 만들어
일어난 재해인 것을

연이틀 무섭게 퍼붓더니
오늘은 반짝
놀란 가슴을 쓸어내려도 아프다

나는 아직 서툴기만 하다

내 속에 있던 아이는
어디로 가버리고
어른이 된 지금도
모든 일에 어설프다

나이 들면 다시 아이가 된다는데
세상살이는 아직도
어렵고 서툴기만 하다

앞을 몰라 흔들리고
달라져 가는 몸과 마음
지켜내려면 흰머리 더 늘겠다

자란 것일까 늙어가는 것일까
세월은 변하는데 나의 틀을 벗어나
황혼에 더 빛나는 나를 만날 수 있을까

나는 지금 어디에

구름 한 점 없는 파란 하늘

건물과 자동차 가로수와 바람

소리는 있어도 들리지는 않고

내가 아닌 내가
지금 여기서 무엇을 하나

말라버린 연밥처럼
머릿속은 텅 비고
현실이 아닌 만화 속 비현실 속에
나 혼자 내쳐진 듯
멍하게 서 있는 나를

길을 걷다가 멈추어져
바람 속에 서 있는 나를
모르겠다 모르겠다

허수아비는 노숙자

허수아비는 왜 아비일까
아줌마가 아니고 아비일까

헛간의 각목과 볏짚으로
만들어진 때문일까
헐렁한 낡은 옷가지 걸치고
논밭 지키려 들로 나가
노숙자가 되는 허수아비

벼이삭 떠나버린 빈 들판
찢겨진 슬픈 매무새
허공에 날고 있는 참새
고향으로 떠나는 철새
모두 거들떠보지 않아도
묵묵히
임무 끝내는 늙은 허수아비

무엇을 꿈꾸고 있을까

미술시간

이 나이에도 설레는
복지관 미술시간
처음으로 접하는 다양한 소재부터
어떤 것은 어린시절 기억을
또 어떤 것은 부모님과의 추억까지
잊었던 것들을 다시 만난다

짚으로 수업하는 날
도시에서 자란 난
처음 듣는 얘기마다 신기해
소꿉놀이하듯 손을 놀리건만
아버지를 떠올리는 벗
짚으로 먹먹한 가슴을 엮는다

떡 만드는 날
나이를 잊고 왁자지껄
색색의 모양내기
솜씨 맘씨 맵씨까지 빚는다

복지관 미술시간
곯았던 마음병을 치료하고
미소생명 찾고 온다

메밀 벌 친구

20년 만에
메밀 벌 친구 찾았다고
기뻐하시는 할아버지

처음 듣는 메밀 벌
메밀에만 있는 벌인가
벌 이름이 메밀인가

인터넷으로 검색해본다
언어사전
결과가 없다고 뜬다

그냥 매일 꼭 붙어 다니는
친구를 그렇게 부른다는
할아버지 말씀

옛 어른들이 쓰다 사라진 우리말인가
가슴으로 만들어진 말도
사전에 있으면 좋으련만 싶다

그나저나
메밀 벌 친구
나에게도 있었을까

나의 선생님

초등학교 입학
처음 만난 선생님

"공부 잘하는 것보다
 약속 잘 지키는 사람 되라"

칭찬 많이 해주시던
5학년 담임 선생님

"친구 가리지 말라"

중학교 3학년 때
여 선생님

"친구 집에서 밥도 먹는
 편한 사람 되라"

청소시간 영화이야기 해보라시던
고 2때 괴벽의 총각 생물선생님

"세상을 순수하게만 보지 말라"

이 나이에
그분들이 그립다

나는 어떤 사람으로 자랐을까
나는 어떤 사람으로 기억될까

지우지 못했다

지우지 못했다
마지막 문자

지우는 순간
네 기억이 사라질까
일 년이 가고 이 년이 지났다

따뜻한 봄날 만나자고
안녕하냐고
건강하라고
평범한 일상을 나누던
짧은 문자와 사진

그것이
이런 아쉬움이 될 줄
그때 몰랐다

소식 끊어진
카톡 아이디만 들여다 본다

오늘은 너무 먼 하루

코로나로 못 본 지 몇 개월째
서둘러 아침부터
자주 만나던 그 장소로
마음이 먼저 달려간다

오랜만에 보게 된 친구들
서로를 보며 세월을 읽는다
너나없이 얼룩진 피부
주름에서 주름으로 새겨진 삶
네 얼굴에 내 얼굴이 웃고 있다

시간은 마라톤선수처럼 달려가고
오늘 같은 젊은 날 지워질까 안타까워
엉거주춤 모여앉아 사진 찍어 간직하고
바닥없는 수다를 바람에 날려 보낸다

불안

상대가 전화를 빨리 받지 않으면
별별 생각이 머릿속을 달린다
어디서 시작된 건지 알 수 없는
막연한 불안감에 잠을 설치기도 한다

꿈으로
동굴 속 의문의 남자
신발, 새로운 집, 숲과 언덕
이상한 꽃과 핸드폰
두서없이 뒤엉켜서 머릿속을 휘젓는다

불통이던 상대
며칠 만에 마주해 몇 마디 주고받는 순간
이상한 상상으로 달리던
상념의 껍질들이 온데간데없이
스르르 사라진다

넘어가 주기

"내 전화 왜 안 받았어!"
"전화는 왜 못하는 건데?"
내 말은 듣지도 않고
자기 말만 쏟아 붓는 순간
답하고 싶지 않아
그 친구 맘 헤아리지 않고
전화기를 놓게 된다

십대부터 이어져 온 우정인데
아픔과 외로움을 같이 했다고 생각했던 사인데
착각이었나 하면서
무슨 일이 있기는 있나본데
하면서도 씁쓸해 진다

친구의 변화

빛바랜 나뭇잎 날리는 날
오랜만에 친구를 만났다
이목구비 또렷하고
뽀얗고 예쁘던 얼굴 친구
검버섯이 피고 눈가에 그늘진 주름이 생기니
늙은 나무를 닮았다

당뇨, 고혈압, 심장협심증 관절염, 황반변성까지
미지탐험 하듯 동네길 더듬는 모습
낯설었다
할 말이 없어졌다

그래
마른 잎 버석거릴 때가
온 것 뿐이야

반갑지 않은 병 적당히 대접하며
나잇값이나 하며 살자

외로움과 외로움

강아지 앞세우고
산책하는 젊은이
지나치던 또 다른 여인
강아지 핑계로 말을 건넨다
여자에요 남자에요
걸음을 멈춘 여인이 여자에요
젊은이는 남자에요
몇 살이에요 하고 묻는다
여섯 살이요, 여인이 답한다
애는 일곱 살이에요

외로움과 외로움이
짧은 대화를 끝내고
각자의 길
강아지 앞세우고 걷는다

이 광경 보는 노인들
부모에게 관심 좀 가지지
혀를 차며 투덜거린다
그래, 그들 또한 외로워
강아지를 질투한다

비가 오락가락

오락가락 하는 비
주변을 어루만지며
흐르고 흘러 씻어 내린다

세상살이 그럭저럭
산모퉁이 돌고 돌아
낯선 이곳까지 흘러왔다

바람이 하늘에 비질하니
근심을 쓸어가듯 비는 개고
맑은 거울 되어 돌아온 길 비춰준다

세상살이 찌든 흔적
비에 젖은 짐 햇살에 쓸어버리고
파랑새와 나란히 날아보리라

한번 떠나면

떠나면 어디로 가는지
한번 떠난 이들
왜 돌아오지 못하는지

철 따라 떠난 새들은
때가 되면 다시 돌아오는데
지난 가을에 가버린 이여
아름다운 날에 기다려지는데
가을에 시들어버린 마른 풀잎도
겨울 지나면
봄소식에 새싹 돋아나오는데
한번 가버리더니
궁금하지도 않은지
돌아올 줄 모르는 이여

세월 흐르면
언젠가 만날 날은 오겠지만
돌아올 줄은 모르는구나

낙엽이 눕는다

날개 달고 하나 둘
바람 타고 날아 내린다

바닥에 닿지 않으려고 파닥이다
시간에 물들었는가
꽃나비 되어 날고 있다

부서지지 않은 채
한 잎, 또 한 잎
몸을 떨다 사라진 뒤에도
한 바퀴 휘돌아서
숲을 빠져나가려는 몸부림인지
날개짓을 멈추지 않는다

그러다
낙엽이 비되어 쏟아진다

다시는 푸름을 찾지 못한 채
낙엽은
낙엽 위에 낙엽으로 눕는다

수묵화

먹구름 무리지어
우람하고 무서운 기세 가득
분노와 불만이 곧 터질 듯

먹구름 날개를 펼치자
순간 나타난 수묵화
누가 저리 멋지게 그렸을까

하늘캔버스에 먹구름 물감
바람의 붓질로 완성되었다

남자의 손

핏기없는 고운 손
너무 거친 손도 싫다
통통한 손도
좋아하지 않았다

적당한 크기와 피부색
약간의 푸른 핏줄이 보이는
세련미를 보이는 손
그런 손을 가진 남자가 좋다

이런 주관적 생각을
친구들은 별나다며 웃었다
다행히 난
그런 손을 가진 그를 만났다

꽃을 들고
퇴근하는 그 남자를

저녁연기

어스름한 산등성이로
해가 숨어버릴 때
시골마을 강아지 짖는 소리
나지막한 굴뚝으로 희뿌연 연기
들판이나 마을에 사람은 보이지 않고
그 시간의 냄새만 어른거린다
촉촉한 슬픔이 덩달아 일렁인다

저녁 하늘은 보랏빛 슬픔을 보듬다
회색으로 물들어가고
초가지붕 위로 퍼지는 연기는
저녁밥 짓는 신호인 듯 한데
가족들은 다 돌아왔을까

가벼운 여행길에 스치던 풍경
그곳에 살지는 않아도
멀리 바라보던 풍경이
아련하다

눈 내리는 둘레길

눈이 내리고
길은 눈 밑으로 숨어버렸네요
마른 풀잎 눈송이와 손잡고
하얀 꽃송이로 피어났어요
차가운 눈송이 머리에 내려와
따뜻한 추억으로 피네요

아! 그 겨울 그 언덕을
미끄러지며 즐거웠는데
눈밭을 손잡고 쏘다니던 철부지
어떤 모습으로 변하고 있는지
왜 그때가 떠올랐는지
내 모습 한번 둘러봐요

하얀 눈은 조용히
발밑에 소복하게 쌓였어요

해맞이

태양은 아무 말 없이
어제도, 내일도 뜰 거야
변덕스러운 우리 마음만
해맞이 때마다 바뀔 뿐이지

우리는 시간을 벗어나는 순간
우주 속으로 사라질 뿐인데
어제가 오늘이고
오늘이 내일일 뿐이야

따스한 햇살이 뼛속까지 스밀 때
가슴엔 행복으로 가득하고
내 영혼에 지지 않는 해맞이
하늘이 주시는 선물이지

3부

때는 좋은 시절

바람

무심한 듯 머릿결
쓰다듬고 가버린다

내 볼을 간질이는
따뜻한 바람

그의 손길인가
모습을 감춘 바람

추억을 흔들어 깨워
그리움만 달랑 남기고

한 바퀴 휘돌아 구름 타고
저 멀리 사라져간다

봄까치꽃

작고 귀여운 파란풀꽃
네 개의 꼬마잎
쪼그리고 들여다본다

봄바람 꽃바람
파란 하늘로 오는 봄소식
재잘재잘 들려준다

진달래 능선

갈잎 어수선한 능선 길
활짝 피워 마음 흔드는 진달래
아가씨들 마음까지 흔들며
강하지도 화려하지도 않은
부드러운 비단결 꽃잎
큰언니 닮은 미소

양지바른 쪽마루에
살랑살랑 바람불어오면
포근한 큰언니의 무릎베개
귀지파기 간지러워 살며시 눈을 감으면
큰언니 손길 같은
능선 길 분홍진달래꽃

애기똥풀꽃

풀밭 위에 주저앉아
방긋방긋 노란 꽃
반가워 만져보니
향기는 풀 향인데 똥 풀이라니
고개를 갸웃뚱
어느새 활짝 꽃피워
까르르 웃고 있네요

바람 타고 냄새를 날려버렸나
노랑나비도 살랑살랑
꽃잎을 닦아주는지
덩달아 고운 꽃잎 따라 웃네요

아기를 사랑하니
아기 똥도 예쁜가 봐
상처 나면 노란피가 흐른대요
그래서 그런 이름 생겼나봐

토토봉 만세

톡 솟아있네
고개를 젖히고
올려다 본다
낙타 등을 닮았단다
올라가 보자

네 발로 바위와 줄을 잡으며
오르락내리락
안장에 올라타듯
릿지 밟고 봉우리 올라서니

밝은 나뭇잎들
초원처럼 흔들린다
드디어 정상만세!

바위를 뚫은 울퉁불퉁 소나무
진달래 곱게 피어있는
441미터 낙타 등에 올랐다
힘든 만큼 멋진 봉우리
주변의 산들이
나에게로 들어온다

포천 금주산

예전에 금이 나왔다는 금주산
9개의 금덩이가 묻혀있어
아홉 아들 있는 사람만이
캘 수 있다던 전설의 산

기억이 희미한 산등성이를
간간이 산객 만나 인사 나누며
경사진 암능 줄 잡고 조심조심
유난히 힘든 것은 나이탓인가
젊은이들의 날렵한 발걸음 부러워하며
커피 한 잔으로 위로한다

예전 산우들은 어디로 가고
산벚꽃도 바람 타고 흩어진다
진달래 화려한 시간은 흐르고
시든 꽃잎 골바람에 흔들리고

계곡에 우뚝 솟아있는 미륵대불입상
아래 세상을 내려다보고 있다
모두의 정성으로 좋은 세상이 오겠지
오늘도 누군가의 보살핌으로
즐겁고 안전하고 감사한 하루였다

나물 꽃

겨울바람 지나가고
봄 햇살 살며시
풀밭을 쓰다듬으면
마법이 일어난다

꽃다지, 냉이, 씀바귀
밤과 낮 가리지 않고
연두색 싹이 뾰조록
나물들이 자란다

뜯지도 캐지도
먹지도 않았더니
살금살금 하얀 꽃
야금야금 노랑꽃
바람사이 햇살 사이
꽃이 피었다

야들야들 피는
마법의 꽃들

그립다, 그때 그 봄

그립다 그리워
봄바람 살랑거리는 오늘
네가 꽃이고
나도 꽃이던 시절

봉오리 부풀리는 생강나무 꽃
춤추는 바람 목련 흔들고
노란 잎 뾰족뾰족 나올 때
너와 나 분홍봉오리였지

그립다 그리워
꽃봉오리 하나 둘 터지는 오늘
너와 나의 그때 그 봄
눈물부터 붉어지려한다

채송화

햇살이 뜨겁다고
땅에 납작 엎드린 빨간 네 얼굴
바람이 간질이며 같이 놀자
앙증맞은 꽃잎 잡아 일으키면
파란 하늘 속으로 오를만큼
커지고 싶은가 보다
방긋방긋 고개 들어
무럭무럭 미소를 키운다

꽃잎 접은 따개비 속에
모래알 닮은 은회색구슬 품고
누구에게 주려나
꽃밭 맨 앞줄 차지하더니
하늘로 자라는 마음의 키
바람이 건드리면
별이 되어 오르리라
와르르 꿈을 풀어낸다

들장미

담장 넘는 풋사과 향인양
지나는 사람 눈길 끌며
집 담장 장식하는 꽃
초록 잎 사이로 갸웃거린다

꽃이 흔한 지금
오가는 사람 무심히 지나치건만
담을 따라 넝쿨 뻗으며
고아한 모습을 보여 준다

멋모르고 다가갔던 어린시절
가시에 찔려 울었는데
할머니 되어 꽃 아래 서니
추억만큼 향기도 아리게 다가온다

노고산 할미봉

미세먼지 앞세운 바람
씻어주는 산
푸름 속으로 느리게 느리게
들어가보는 길
쉴 때마다 간식을 꺼낸다
차 마실 때 목마를 때 출출할 때
아들이 사 준 거라고
떡집아줌마 떡이 어떻다고
어쩌구 저쩌구
수다까지 꺼낸다

"할매 할배들이여
 이러다 언제 정상 갈거요"

"힘들면 정상을 끌어 내리지 뭐"

헛소리도 한마디씩
간식처럼 꺼낸다

젊은이들 빠르게 빠르게
곁을 지나가고
산바람이 발걸음을 재촉해도
부지런히 가봐야 거기인데
팔십의 걸음은 더 빨라지지 않는다

산신할매 보살핌 받아
정상에 오르면
결국 거기 다 모였다

북한산 시원한 바람도 모이는
노고산 넓은 날개 속으로

때는 좋은 시절

때는 좋은 시절
산과 들은 녹색으로 반짝이고
바람에 살랑살랑
열정의 깃발을 들었다
간간히 비바람 불어와
가지에는 탄력과 활력을 주고
잎 사이로 햇살은 사랑을
들판은 푸르게 물들어가는 시간
작은 바람에도 고개를 끄덕인다

숲은 짙은 녹색으로
차츰차츰 어른이 되어가고 있다
5월은 고통의 시간이라도
청춘의 지친 몸 이겨내고
벌레들 습격에 시달려도
끈기로 헤치고 나아가리다
지나간 것은 시간 속에 남기고
청춘이여 5월의 넓은 들판을
마음껏 알차게 달려보자

흑석계곡에서

계곡 너럭바위에 누워
물소리 샤워 즐긴다

부채바람 일으키는 떡갈나무 잎
솔잎 총총 떠는 소리
산벚나무 이파리 파르르
푸름의 합창에
햇살도 잎을 뒤집고 춤춘다

나무도 나이를 먹는 다는데
계곡을 타고 소리치는 물줄기도
나이가 있을까
돌 사이로 요리조리 내려치는 힘
너는 몇 살쯤 먹었니

검은 숲 너머에서
폭염주의보
까악 깍
까마귀 숨 넘어 간다

새낭골 약수터

땀이 송글송글
도락산 오르는 숲길
새낭골 시원한 물소리
산수국 보랏빛 미소
자작나무 이파리
햇빛에 반짝일 때
더위에 타는 목마름
약수 한 모금에 날려버린다

벤치에 앉아 위를 보니
하늘을 가린 상수리나무
크고 작은 이파리
구멍 송송
언니의 원피스 레이스처럼
왕거위벌레, 창나방애벌레
밤사이 레이스를 짜놓았다

레이스 구멍 사이로
햇살타고 들어오는 바람
나무만 시원하겠나
그 아래 나도 시원하다

빈 깡통의 추억

뚜껑 손질하다 피나고
칼과 망치로 깡통
따던 시절이 있었다

속이 빈 깡통은
할아버지의 재떨이
아이들은 연필꽂이
엄마들에겐 수저통
개구쟁이들 깡통 차기
유리구슬 딱지 통으로 거듭나다

정월대보름 쥐불놀이에
통 가득 숯을 담고
정신없이 빙글빙글 돌리고
찌그러지고 녹 쓸면
엿장수 몫이 되었지

빈 깡통은 여전히 추억 속 보물이건만
이제는 폐지 줍는 할머니
리어카에 매달려간다

지구야 미안해

지구야 미안해
너의 살을 헤집고
함부로 사용해서

상처에 열이 올라
빙하가 녹아 버렸나봐
물고기도 새도 죽어가네

하늘도 화가 났나봐
어제는 물 폭탄이 떨어졌어
모두 휩쓸려 상처가 났지

너를 괴롭힌 댓가
지진, 홍수, 바이러스까지
우리들 벌 받고 있는 거야

미안해
이 한 마디만으론 부족하지만
지구야, 미안해

마스크무도회

마스크를 쓴다
써야 한다
티브이 프로그램의 복면가왕도 아니고
유럽의 가면무도회도 아니다
너도 나도 가리지 않고
모두가 마스크를 꼭 써야한다니
누가 누군지 모르겠다

깜박 잊고 밖을 나오면
죄지은 듯 황급히 눈치보고
어쩌다가 지구가 큰 질병에 걸렸다

우리는 지금 새로운 세상에서
가면무도회를 하고 있다

앵무봉을 오르며

듬성듬성 하얀 눈
산길 밟는 소리에
심장 소리를 놓아 본다

파란색 칠한 하늘
떨리는 나뭇가지가 춤추는 날
새들의 이야기
벗들의 이야기가 즐거워
나이 마저 잊는다

용트림하는 소나무 자태에 감탄하고
키 자랑하는 상수리를 보려 허리 펴고
또 한 번 하늘과 눈맞춤도 해 본다

양주와 파주의 경계
마장호수 건너 팔일봉이 보이고
정상에 오르니 시원한 풍경
억새는 어우러져 흔들리고
걷는 이들은 차분하게
바람과 추억과 동행한다

까마귀는 경계를 무시하며
주변을 비웃듯 까악까악
인간들 코로나로 마스크 쓰든 말든
거리두기 하든 말든
이리저리 날며 어울려 까악까악

기억의 흔적되어
오늘, 예쁘게 흘러간다

수리봉 고사목

언제부터 그곳에 있었는지
어떤 모습으로 살아왔는지
가지 위
까마귀는 알고 있을까

혼 떠나 백골만 남은 가지들
바람도 구름도 맴돌다 떠나고
까마귀 검은 날개 활짝 펴
위로하듯 비행한다

계절의 반복을 멈춘 고사목
더이상 봄을 기다리지 않고
오고가는 산객들에게
아픔을 숨긴 침묵으로 답한다

영원한 것은 없다고
석양을 향한 하얀 고사목
알몸으로 기도 드린다

낙엽을 밟으며

마른 억새 하얀 머리
하늘거리는 산길
단풍으로 물든 사람들
바스락 소리를 밟으며 걷는다

앙상한 나뭇가지만 남은
낙엽 쌓인 고개를 넘으면
어떤 세상이 기다리고 있을까

계절 따라 기분 따라
때때로 스치는 기쁨과 슬픔의 감정
마음속 깊숙이 저려온다

낙엽 길을 내려오며
모두가 말이 없다
내일도 함께 걸을 수 있을까

길 위의 흔적

하얗게 내린 눈이
갈색의 산을 덮었다
누군가 남긴 발자국 위로
내 발을 올리며 걷는다
내 것인지 네 것인지
뭉개지고 어지러운 발자국
모호한지 명확한지
수없이 맴돈 발자국 되짚어가며
들숨 날숨 가쁘게 눈길을 걷는다

눈길은 지워지지만
사람과 사람
그리고 내가 걷는 길은
지워진 눈길에 흔적을 남긴다

봄을 기다리는 중

썰렁하고 엉성한
낙엽 쌓인 골짜기 지나
올라선 중턱에
치마 펼친 듯 넓은 바위
봄바람 맞이하는 곳

매서운 겨울바람
스쳐간 바위언덕
꿋꿋하게 이겨낸 소나무
굴곡진 가지 끝에
병아리 새순 삐죽 나왔다

몇 번의 봄이 남았는지
모르는 나그네들
꺼진 볼에 웃음꽃 피우며
별내면 국사봉에 올라
봄을 기다리는 중

4부

고향이 없다던 아이

아까시 꽃향기

아까시 꽃이 피면
산불은 끝난다던데
바람불어와 꽃송이 흔들어
구름 위로 향기 날아가고
꽃잎 산바람에 이리저리
나풀거리며 춤춘다

아까시 꽃향기 날리면
고단한 시간 터널에
하얀 꽃등 달아
그대의 앞길에 밝혀주리
시련의 시간 지나면
꽃향으로 춤추는 날 꼭 오리라

출퇴근 하던 길

청둥오리 날던 중랑천길
노란 개나리, 분홍 벚꽃
비 내리듯 내리던 동부간선도로
단풍 곱게 물드는 용마산길
햇살에 반짝거리던 강물
아침저녁으로 건너던 잠실대교
라디오에서 음악은 흐르고
추억은 차곡차곡

때론 아이들 미래를
때론 친구들의 소식을
그런저런 세상이야기
종일 들리던 각박한 소식
긴 통화에
교통체증도 잠시 잊고
가족의 따뜻한 말과 웃음으로
시간을 채우는 길

휘경동 그 골목

그 골목, 파아란 기와지붕의 아담한 집
친구들 중 제일 먼저 장만한 집
마루를 중심으로 안방, 건넌방
목욕탕 옆에 중간 방 푹 꺼진 부엌과 작은방
마루 밑에 연탄을 쌓아 놓고
방마다 연탄 피워 넣는 아궁이가 있었다

녹색 철문을 들어서면 오른쪽에 작은 꽃밭
대문 기둥을 타고 자라는 등나무
보랏빛 등꽃이 피면 온 동네가 향긋했다

마당 한켠엔 재래식 화장실
또 다른 한편엔 수도가 있어 빨래도 하고
아이들은 빨간 물통에서 물놀이를 즐겼다
나는 그 집서 막내를 낳았고
강아지도 아이들과 같이 뛰어놀던 마당을
마음 닦듯 쓸고 가꾸었다

고만고만한 집들로 채워진 골목에
저녁이면 아이들 부르는 엄마들의 목소리
또래끼리 뛰놀던 골목은 놀이터가 되었다

아이들 웃음소리 가득하고
김치를 나눠 먹던 다정했던 이웃들
이제는 뿔뿔이 떠나버린 골목
나의 삼십대가 그 골목에 있었다

팥배나무

가지마다 녹색주름치마
사이사이
하
　얀
　　꽃
불암산 능선에 흐드러졌다

배꽃 닮은 꽃송이
산길을 메워 매혹적인 손짓
거절할 이유 모르겠다

향기에 취한 벌떼
꽃잎 사이로 붕붕거리며
나무 위에 내 마음 붉게 익는다

머지않은 시간
시큼한 맛에 새들이 날아들고
팥알 품은 나무 외롭지 않겠다

품었던 열매 떠난 자리
내 가슴만 허전할 뿐

아버지 손에는

왼손에는 서류가방
한손에 속이 훤한 비닐봉지
바나나 한 송이
덜렁덜렁
가볍지 않은 뒷모습에
하루가 걸어오고 있다

발걸음 무게에 실린
그의 마음은 뒤로하고
비닐봉지 앞세워
아이들 마음부터
오른손에 꼭 쥐고
어둑한 골목길을
걸어오고 있다

발톱깎기

황반변성으로 눈이 침침
발톱 깎다 상처가 났다
딸아이 부탁하니
마지못해 해 준다
마음에 들지 않는 마무리
자기는 그렇게 한다고
퉁명하게 툭 던지고

고사리 손부터 발톱까지
조심조심 깎아 주었는데
서운함이 스친다
나를 스스로 돌보지 못하는 때
바로 이런 것이구나

어느 날 동네 네일숍이 보였다
그래 저기다
손톱 멋 부리기 아니고
발톱만 부탁했다
딸아이 또래 아가씨 덕에
발톱깎기 시원하다

나이가 늘어가면
몸은 전문가에게 맡길 일이다

고향이 없다던 아이

황해도 사리원에서
피난 내려간 부산에서
초등학교 입학을 했다

3학년이 되던 때
아버지 직장따라
서울로 이사를 했다

집은 공장 옆 창고
넓은 공터에 옥수수도 심고
오리도 몇 마리 키웠다
마음 붙이고 살 곳이니까

어느 날 집에 오는데
새 친구가 여름방학에 외갓집에 간다고 자랑이다
너는 고향이 어디냐고 묻는다
이북에서 왔다고 대답하려다
다시 갈 수 없는 곳이라는 생각에
고향이 없다고 했다

나는 왜 그런 대답을 했을까
그 아이는 어떤 생각을 했을까

아기천사가 왔네

귀하고 귀한 별이 왔네
미소와 행복을 가지고
몇 십 년 만에 도착 했네
눈을 마주하니 미소가 퍼진다

어디서 왔는지
먼 우주의 인연으로 와
가족이 된 천사
우리에게 아름다움 보여주네

연약한 알몸으로 왔어도
축복이고 행운의 생명
우리를 위로해주는 아기천사
네가 와줘서 고맙다

빨래

매달려 흔들리며
나를 바라보네

예전엔
가족의 크고 작은 각양각색의 옷가지
하늘을 가릴 듯
와글와글 팔 벌린 채
바람따라 춤추었지

그보다 더 오래전에는
연년생의 하얀 기저귀와
손바닥 크기의 작은 옷
마당 가득 매달려
햇빛바라기 되어 뽀송뽀송

햇살향 날리던 빨래들
하나하나
주인 따라 제 갈 길가고
어느덧
하나만 덜렁 매달려 있네

느티나무 아래

개구리참외, 청참외, 노랑참외
가마니 자판 위에 나란히 누워있는 그늘
삼베바지 아저씨 부채질 여유롭다

시장에서 돌아오는 길
청참외 하나 골라
깎은 끝에 삼각형으로 베어내
손잡이 만들어주던 엄마
겉은 녹색 한입 베어보니
주황색 속살이 달콤했다

엄마도 하나 깎아 드셨다
시장 길거리음식은 안 사주셔도
여름날 느티나무 아래 참외는 종종 사주셨다
어느 날은 노랑참외를
또 다른 날에는 개구리참외를
사각거리던 얼룩이 개구리참외 어디로 갔을까
그때 그 나무 그늘 참 시원 했었지

지금도 나는
느티나무가 있는 길을 좋아 한다

23에서 32로

양장점에서 옷을 맞춰 입고
양화점에서 구두를 맞춰 신던
이십대
주인아줌마 치수를 재다
 -날씬 하네 허리가 23인치네
그 말에 별 감흥이 없었다
다른 친구보다 1인치는 적었다

가늘고 가볍던 몸은 어디로 가고
굵고 무거운 몸이 되었다

시나브로
허리인지 몸통인지 구분은 없어지더니
몇 십 년 시간이 흐르자
32인치, 그마저 넘으려하고
44키로 몸무게가 62키로를 넘어서니
완벽한 변신

나이와 함께
늘어나고 불어나며
23에서 32는 숫자가 아니고
건강의 적신호로 켜졌다

라일락 향기

푸름이 물들 때
피어나는 라일락 꽃잎에
덩달어 따라오는 첫사랑 추억
한 잎 한 잎
보랏빛 향기 날리고
벌 나비 날개짓에
내 마음도 몰래 날아간다

진한 향기 코끝에 스미건만
아! 갈 수 없는 애잔한 그 시절
라일락 꽃으로 피는 그리움

아련한 추억이 보라향기로 퍼진다

씨앗의 꿈

씨앗 받아 봉지에 간직하며
내일을 기다리던 아버지
늦가을 꽃밭 볼품없어질 때
다알리아 뿌리 상처 없이
사과궤짝에 겨를 깔고
짚으로 덮어주시던 어머니

씨앗이 영그는 순서대로
봉숭아, 백일홍, 나팔꽃,
제일 키 작은 채송화
과꽃, 분꽃, 키 큰 코스모스
종이봉지마다 이름표 달고
겨울밤 조용히 봄꿈 꾸던
그 많던 씨앗 어디로 가버렸나
꽃밭은 텅 비워지고
씨앗을 간직하던 이도
심고 물 뿌리던 이도 다 떠났다
이제 누가 있어 그 꽃들 피울까
아! 소박한 꽃의 씨앗이여

작은 언니

나이도 잊은 채
마주한 얼굴이 낯설다
14세, 피난 올 적 소녀
포동포동 볼살은 간데없고
안아 본 어깨가 앙상하다
언제 여기까지 왔는지
현실이 꿈같다

부모의 울타리서 근심 없던 시절
아무 생각 없이 사랑 받기만 하던 때
영화 보고 오는 늦은 밤
철없는 막내인 나를 업어주고
집안일도 척척 씩씩하던
멋쟁이 작은언니

착한 형부 만나 삼남매 낳아
사랑과 신앙으로 키우며
행복한 시간 빨리 흘러가고
손자까지 키우며 애쓴 보람도 없이
든든한 딸도 귀한 손자도

일찍 가버렸으니
신앙을 붙잡고 외로움 이겨낸 시간
너무 긴 아픔이었으리라

그 아픔으로 앙상해진 가지
형부마저 보내드리고
팔십칠이라는 숫자가 덮여진 어깨
안쓰러움에 쓰리고 내 눈은 뜨겁다

과꽃

어수선한 재개발 골목
허물다만 그 집 대문 옆에
활짝 피어난 과꽃
큰 언니 같은 믿음직스런 꽃
화려한 화단에서 밀려난 꽃

드문드문 헐린 집들 사이
동생들 공부시켜 떠나보내고
소박한 옷 걸치고
외로이 피어있는 꽃

정겨운 꽃이여
단단한 씨앗 떨어뜨려 숨겨두면
먼 훗날 이 땅에 다시 돋아나
저 하늘 은하수같이 피어나리

스트로브잣나무

잣나무도 소나무도 아닌 것이
잣송이도 솔방울도 아닌 것이

잣송이 비슷하고
솔 이파리 흉내 내고

가짜잣나무라 놀려도
제자리 잘 지킨대요

풍성한 숲의 나무로
새들과 어울려 친구한대요

스트로브잣나무 이름표 달고
소나무 집안이라 자랑해요

나는 어떻게 보일까
이름값 하고 있는지 돌아봐요

노을

남산에서
소녀의 눈에 비친 노을
신비하고 황홀한 미지의 세계

붉은 황금빛 하늘로
영혼이 날아가던 느낌
저 노을 뒤에는 어떤 세상이
펼쳐져 있을까 궁금해 하다
그 빛은 오래 머물지 않고
나 또한 그런 시간처럼 변했다

낭만에 머물던 시간
철없던 친구 얼굴도 노을이 되고
부모님도 다정한 이들도
하나 둘 떠나가고
내 나이 황혼에 다 달아
눈에 비친 노을은
낭만도 신비함도 아닌
슬픔의 시간을 간직한
지난날의 그리움일 뿐이다

추억도 흐려지나

새끼손가락 끝에
반달모양의 상처

6.25때 폭격 맞은 공장터에서
철없이 뛰어놀다
손가락 살점이 떨어져
헝겊으로 싸 맺던 상처

볼 때마다 뚜렷하던 상처
칠십 여년 세월이 흐르니
흐릿하게 지워지네

같이 놀던 아이들 얼굴도 아름도
또렷했던 일들도
희미한 추억으로 흐릿해지네

깊은 상처 쓰라린 아픔도
시간 따라 흐려질 밖에

5부

짜리소리

봄에 내린 함박눈

아침을 포근하게
안아주는 함박눈
밤사이 하얗게
세상 낙서 지웠네요

아침 첫 만남
불편함은 잠시 멈추고
펼쳐진 예쁜 풍경
기쁨의 미소만
어제의 더러움 지우라고
겨울을 토닥토닥 달래주며
하늘은 하얀 눈꽃을 피웠네요

예전에는

예전에는 친구와
사이좋게 지내라더니
거리두기 하래요

예전에는 이웃들과
오순도순 살라더니
거리두기 하래요

우리들 어쩌면 좋아요
학교도 매일매일 못가요
친구와 재미있게 놀고 싶어요

친척 형들도 못 만나요
할머니 집에도 놀러 못가고요

코로나19라는 거 정말 미워요

강아지풀

보드러운 강아지풀
풀밭에서 간질간질

살랑살랑 꼬리치며
손바닥에서 재롱부리네

귀염둥이 강아지
꼬리치며 내 뒤를 쫄랑쫄랑

공원 풀밭

땅 대고 올라온 노랑 얼굴
방긋 웃는 민들레
망초 잎 춤을 추는 풀밭에
네잎클로버, 꽃다지, 좁쌀꽃 틈에
삐죽 씀바귀 일어나고
쑥이 쑥쑥 내밀고
언제 나왔는지
해맑은 제비꽃
보라색 입 꼭 다물고
오랑캐꽃이라 불러도 나 몰라라
못 들은 척 옹기종기
찬란한 봄 햇살 모두를 보듬어
4월의 공원풀밭 한마음 이래요

개망초 꽃

공원 풀밭에
잡초라고
마구마구
뽑아버리는 풀
화도 안 내고
예쁜 꽃을 피워요

가운데 노랑색은 노른자
가장자리 흰색은 흰자
꼬마 계란후라이꽃 이라
예쁜 이름으로 부르니
개망초 꽃 활짝 웃어요

늦은 봄비 내리는 날

코로나19에
아이들 소리 사라진 운동장
봄비가 토닥거리고
화단에 핀 꽃도 보아주는 친구 없어
꽃잎마다 물방울 그렁그렁
외로움 씻어내느라 바쁘네

키 큰 미루나무 쓸쓸할까
살랑살랑 추억을 불러내는
여린 나뭇잎의 손짓이 빗물에 젖네

부슬부슬 빗속을
망아지 같이 뛰놀던 사내아이들
여자아이 고무줄놀이
줄 휘감고 도망치던 심술쟁이

옹기종기 공기놀이 발로 차버리고
혀를 내밀고 약 올리던 밉상꾸러기
빗속에서 그리워하네

이슬 한 방울

황량한 들판에
말라버린 풀잎 사이사이
빛나는 아침이슬

햇살 보고 또 보는 대로
풀잎에 어울려서
안 떨어져요

마른 풀 끝에
꽉 매달려 있다가
봄바람에 스르르 스러져요

귀지파기

햇살 비추는 툇마루
봄바람 간지럽힐 때
엄마 무릎베개하고
귀지를 팠다

처음에 무서워 옴찔옴찔
귀지가 꽉 막혔구나
간질간질
엄마 손길

스르르
잠이 왔다

이제부터
엄마 잔소리
쏙쏙 잘 들리겠다

꽃밭에

백일홍, 봉숭아, 과꽃
피어있는 꽃밭에
노랑나비 하얀 나비 날아왔네

호기심에 이 꽃 저 꽃 팔랑팔랑
예쁜 꽃에 꿀이 많아 설레나 봐

시간이 지나 마음 정하고
붉은 꽃에 입맞춤
부끄러운 백일홍
다정한 나비에게
달콤한 꿀 아낌없이 내어주네

거미

보이지 않는 실로

촘촘하게 그물을 친다

비가 내리네

위장술 들통 났다

그물에 걸려든 물방울

오늘 사냥 끝났다

장대비 놀다간 자리

장대비 좍좍
운동장을 뛰어요
쏟아 붓는 빗줄기
나무들 날개를 흔들고
빗줄기와 풀꽃들 씨름해요

장대비 좍좍
아이들 웃음소리
너를 반기며 노래를 해요
장대비 놀다간 자리
느티나무 한 뼘씩 자라나요

여름날의 친구들

매미가 매_엠 맴
무더운 여름날에
울림통 힘껏 여자 친구 불러요

사슴벌레 장수풍뎅이
이름난 싸움꾼이래요
달콤한 나무즙 빨아먹고 살아요

개똥벌레 꽁무니에 반짝반짝
꼬마등불 달고 불꽃놀이하며
여름밤을 밝혀 준대요

그림이 되었네

길 위에 보도블록
얼룩덜룩 가을 물들어
그림이 되었네

어젯밤에
빗물이 놀다 간 후
얼룩얼룩 모자이크
그림이 되었네

걸어온 발자국도
그림되면 좋겠네

개울물 흐르듯

밤사이 장맛비가
휘젓고 가니
맑은 개울물
뿌옇게 흐려졌어요

개울가 오리가족
먹이 찾느라
흙탕물 또 휘저어
발가락도 안 보여요

힘들고 슬퍼도
바람도 같이 흐르고
구름도 같이 흐르니
외롭지는 않을거에요

담쟁이넝쿨

이른 봄부터
조금씩 기어오르더니
돌담을 넘었네
달팽이보다 느리더니
불타는 가뭄의 갈증도
뇌성을 몰고 오는 폭풍도
거뜬히 넘어버린 담쟁이넝쿨

따라 해볼까
조금씩, 천천히, 끝까지

고추인줄 알았네

기다란 붉은색
길 위에
무엇일까

할머니 눈에는
말리다 떨어진 고추가
다섯 살 동생 눈에는
지렁이 젤리가

가까이 가까이 가니
아!
터져버린 빨간 풍선

꽈리소리

마당한구석에
꽃 진자리 녹색봉지 자랄 때
속에 뭐가 있기에
엄마 몰래 봉지를 눌러 본다
손끝에 느껴지는 작은 동그랑
어느 더운 날 붉게 물들었네

엄마 이제 꽈리 따도 돼요
붉은 봉지 속 동그란 것이
조심조심 조물조물
말랑말랑 할 때 까지
씨를 살살 비워내고
텅 비면 입에 넣고 불어본다

입술을 살포시 누르면
기다리던 알 수 없는 소리
뽀르륵 꽈르륵
비워내니 신비한 소리
꽈리소리 들을 수 있네

밤송이

바람이 숲을 흔든다
밤송이
툭 툭 투드득

소리 나는 쪽으로
카메라 되어 돌아가는 눈동자
풀 섶을 부지런히 훑는다

아! 찾았다
엎어진 탐스런 밤송이
뾰족한 가시 무시하고 뒤집는다
아! 텅 비었네

풀 사이 알밤 두 알 숨었다
세상으로 떨어져 부끄럽나
행여나 또 있을까 감시카메라 되어
구부렸다 폈다 빙글 빙글
밤나무 밑에서 허리운동 한다

발자국

눈 녹은 산책길
얼음 물 눈이 함께 질퍽질퍽
눈과 얼음 살짝 덮인 길
미끌미끌
발자국 옮기기 힘들다

길 위에 찍힌 어른들 발자국 사이
여자아이 발자국일까
남자아이 발자국일까
강아지도 지나갔네
나뭇가지로 그린 듯
이름 모를 새발자국도
어지럽게 남았다

모두가 지나갔구나

눈사람

잠든 사이에 내린 눈
둘레 길에 서 있는 눈사람
누가 만들었을까

포근한 날씨에
녹아내려 일그러지네
귀여운 모습 어떻게 변할까

차가운 손바닥 비비며
둥글게 둥글게 굴리며
만드는 손 누구였을까

감기는 안 걸렸겠지

시 해 설

팔순의 푸른 연가에 담긴 진심의 미학

이서연

시인·문학평론가

푸름은 젊은 시절에만 있는 것일까

자연은 삶의 순리를 깨닫게 하는데 본질적 이치를 밝혀준다. 인간이 문명을 이루어 가는 만큼 자연은 변형의 과정을 겪다가 인간의 필요에 따라 장식물이 되기도 한다. 그렇더라도 언젠가 인간은 자연의 성품을 이해하지 않고는 바람직한 지향점을 찾기 어렵다는 것을 깨닫게 된다.

작가는 창의적인 생각으로 작품을 통해 다각적 소통을 이뤄간다. 특히 언어를 다루는 작가는 '관조'와 '깨달음'의 구슬을 꿰어 인식의 확장을 넓혀간다. 그런 과정에 자연은 삶을 표현할 수 있는 가장 좋은 대상으로 활용된다. 그만큼 문학엔 자연과 계절이 들어있지 않은 작품을 찾기 어렵다. 자연에 기대어 사는 영혼이 작품 속속에 다뤄지고 있다. 즉 계절이나 자연을 인생에 비유하거나 인생, 세월의 변화를 자연에 비유한 작품이 많다.

또한 계절에 추억을 담는 작품도 많다. 새잎 돋는 계절이면 앳되고 가냘펐던 시절을 생각하고, 푸름이 창창한 계절이면 혈기가 왕성했던 시절을 생각하고 단풍의 꽃이 되는 계절엔 서서히 기운을 놓는 인생을 생각하곤 한다. 그리고 하얀 눈의 계절이면 뼈가 하얗게 드러나도록 가난했던 인내의 시절을 떠올리게 하기도 한다. 풍상風霜 없는 인생이 없듯이 사계절에 절여진 인생은 사연만큼 그만한 의미가 된다.

자연과 추억, 이것이 왜 작품에 많이 다뤄지는 것일까. '푸름'- 즉, 인생은 영원할 수 없지만 내 기억 속의 마음, 내 마음의 영혼은 푸름을 간직할 채 존재하고 싶은 것이 아닐까. '푸름'은 자연에만 있는 것이 아니다. 자연이 계절 따라 변화가 있듯이 인생도 변한다. 푸른 계절이 있듯이 인생도 푸른 시절이 있고, 그 푸른 시절을 간직하고 있는 추억이 머리가 하얗게 되는 나이에도 존재하고 있다. 결국 추억이 많고, 푸른 시절을 많이 기억하고 있다는 것은 그 기운이 마음의 세월을 여전히 푸르게 하고 있음을 의미한다.

라춘실 시인의 『고향이 없다던 아이』 원고를 받던 날, 제목에서 갈 수 없는 고향을 가진 나이든 아이라는 생각이 들었다. 갈 수 없지만 고향을 얘기하는 건 그만큼 푸른 기억을 많이 하고 있다는 것을 의미하기 때문이다. 팔순의 감성에 간직된 시들지 않는 기억은 '시'라는 꽃을 피웠다.

정신이 궁핍하지 않은 영혼은 희망이 시들지 않으며, 지향하는 인생을 꿋꿋하게 밀어갈 에너지가 있다. 사람 사는 이치를 자연물에 비유하는 작가는 섬세하면서도 따뜻한 시각과 감성에서 푸른 기운을 느낄 수 있다. 치열하게 살았던 흔적도, 아픔의 기억도 스스로 객관화시킬 수 있는 여유로운 자세를 지니고 있다. 경험으로 체득된 지혜가 녹여낸 진심의 언어들이 얼마나 인생을 넉넉하고 아름답게 표현하는지를 지금부터 소개하고자 한다.

추억으로 시적 감성을 키워 꽃을 피운 시

현재를 열심히 사는 것은 내일을 향한 발걸음이다. 인생은 아무리 버거워도 현재 진행이며, 앞으로 나아가는 것일 뿐 결코 과거로 돌아가진 않는다. 그렇다고 내일이 따로 있는가. 그렇지 않다. 현재가 이어지는 지점처럼 보이지만 존재하는 것은 '현재'일 뿐이다. 다만 지금 이 순간도 곧 추억이요, 역사가 된다. 숨 한 번 쉬는 순간, 그 순간이 다 역사가 되는 것이다. 그 어느 것도 머물러 있는 것이 없으니 '세월'이라는 것이 '흘러가는 시간'이라는 것을 이해하게 된다. 사진은 어느 순간이 담겨져 있다. 그 순간을 떠올릴 수 있는 사진을 보면 그 시절 그때에 머물러 있는 것 같지만 추억으로의 여행은 결국 여러 감정을 끌어내어 다시 커다란 생각의 강으로 모이게 된다. 추억도 추억에만 머물러 있는 것이 아니란 뜻이다.

추억은 체험을 저장한 순간이기도 하다. 삶의 섬세한 부분을 기억하는 가운데 쌓인 경험은 인생의 지혜를 만들어 주었고, 그 지혜는 인생을 숙성시키는 시간과 함께 겪게 되는 모순의 세상을 견디고 극복하게 한다. 추억이 묘한 이유다.

라 시인의 작품엔 추억이 삶을 관조하게 하는 역동적 역할을 하고 있다. 추억의 가치를 구슬처럼 꿰면 멋진 시로 탄생된다는 정석을 잘 보여 주고 있다.

양파 껍질 벗기니 눈물이 찔끔
다시 벗기니 하얀 속살이 드러난다

처음 만남에서 체면 차리며 서먹하고
두세 번 만나면 속살이 보일랑 말랑
그 다음부터 속사정이 툭툭
껍질을 벗기 시작 한다

부모님의 사랑과 갈등
아옹다옹 어린 시절 형제들의 아련한 추억
젊은 시절 연인을 만난 행복의 순간
자식들 키우며 애 끓이던 이야기

지금도 우리들의 삶의 껍질은
속으로부터 자라며 두터워지고
누군가에게 껍질을 벗으며
 툭 털어내는 몸짓에 눈물샘이 아리다

- 「삶의 껍질」 전문

한 사람의 인생은 단순하지 않다. 이런 모습을 양파에 비유했다. 양파 껍질처럼 '삶의 껍질'을 벗길 때마다 나오는 사연에 공감하게 된다. 삶을 벗기는 과정에서 아픔, 슬픔, 불안, 부끄러움 등의 부정적인 감정이 드러난다. 세월도 기쁨과 즐거움으로만 두터워지는 것이 아니기 때문이다. 겉으로 보기엔 단단해 보여도 속으로 들어갈수록 속살은 약하고 그 맛은 맵다. 맵지 않은 인생이 있을까. 처음 만난 서먹한 사이라도 조금씩 마음을 열고 보면 그 삶이나 내 삶이나 마냥 달콤하고 단단하기만 했던 건 아니었음을 알게 된다. 물론 반대의 맛과 감성도 있다. 부정적인 감정의 속사정 속에는 저절로 미소짓게 되는 사랑, 행복, 추억, 애정 등의 긍정적인 감정이 있기 때문이다. 누구나 겉과 속은 다르다. 그 안의 모습이 담고 있는 아픔과 슬픔을 이해하고 살피는 자세가 진심의 가치를 이해하는 자세라 할 수 있다. 따라서 누구나 삶의 껍질을 벗기는 것이 어렵고 아프지만, 그 과정에서 자신의 진짜 모습과 가치를 발견하고, 타인과의 깊은 관계를 형성할 수 있다는 메시지를 양파를 소재로 한 이 시에서 발견하게 된다.

지우지 못했다
마지막 문자

지우는 순간
네 기억이 사라질까
일 년이 가고 이 년이 지났다

따뜻한 봄날 만나자고
안녕하냐고
건강하라고
평범한 일상을 나누던
짧은 문자와 사진

그것이
이런 아쉬움이 될 줄
그때 몰랐다

소식 끊어진

카톡 아이디만 들여다 본다

- 「지우지 못했다」 전문

이 시는 공감력이 강하다. '지우지 못했다'는 제목만으로도 그 어떤 날을 소환하여 추억의 젖게 한다. "일 년이 가고 이 년이 지났다"는 구절은 시간이 흘러도 그를 기억에서 지울 수 없어서 마지막 문자를 지우지 못한다. 지워질까 두려워 지울 수 없고, 지울 수 없어 지우지 않으려는 사람의 그리움과 아쉬움이 잘 표현되어 있다. 누구나 오늘 나와 함께 한 사람이 내일 나와 함께 하지 못하리라 생각하지 못한다. 오늘처럼 내일도, 내일 아니면 언제라도 만날 수 있으리라 생각한다. 그래서 만나지 못할 날이 오리라 짐작 못하고 그냥 일상처럼 "봄날 만나자고/ 안녕하냐고/ 건강하라고" 등의 평범한 안부를 나누던 문자와 사진이 그리움의 소중한 의미가 되는 것이다. "소식 끊어진/ 카톡 아이디만 들여다 본다"는 그 구절에 여운이 남는 건 평범한 추억이 어느 날 퍼도 퍼도 마르지 않는 그리움의 우물이 되기 때문이다. 이 부분에 공감력이 크다.

영국 유미주의 희곡작가로 유명한 오스카 와일드(Oscar Wilde)는 "추억이란 우리 모두가 가지고 다니는 일기장과 같은 것이다.(Memory is the diary that we all carry about with us.)"라고 말했다.

사실 과거는 물리적 관점에서 볼 때 존재하지 않는다. 오로지 현재만 있을 뿐이다. 그러나 기억이라는 장치 속에 과거는 머물러 있고, 추억은 그 기억 중 내게 마음의 불빛, 마음의 향기가 되어 주는 역할을 하고 있다. 추억을 통해 현실의 어려움을 극복할 지혜를 얻은 이는 타인을 생각하고 헤아리는 마음도 각별하다. 그러므로 추억으로 시적인 언어와 사색의 공간을 언어 작품으로 완성하는 시인은 감성의 꽃을 피워 작품화 한다.

과거를 과거에 묻어 두지 않고, 현재를 살아가는데 필요한 의미로 환원할 수 있는 이는 작품에 투영된 인생관으로 세상을 변화시키기도 한다. 작가가 작품으로 보여주는 진솔함과 진실함이 갖고 있는 미학적 가치가 스스로 인생을 가꾸는 장치가 되는 것이다.

시적 담화에 담긴 개성적 표현

시는 시인의 언어로 세상에 자신의 내면적 성찰과 감성을 표현한다. 독자가 발견하는 건 의미다. 그리고 그 의미에 공감할 때 그 시에서 독자는 감동을 얻는다. 라 시인의 시는 사물을 좁게 보지 않고, 자신의 생각을 독자들에게 강요하지 않는 포용력을 갖고 있다. 이런 점이 시인의 개성이다.

날개 달고 하나 둘
바람 타고 날아 내린다

바닥에 닿지 않으려고 파닥이다
시간에 물들었는가
꽃나비 되어 날고 있다

부서지지 않은 채
한 잎, 또 한 잎
몸을 떨다 사라진 뒤에도
한 바퀴 휘돌아서
숲을 빠져나가려는 몸부림인지
날갯짓을 멈추지 않는다

그러다
낙엽이 비 되어 쏟아진다

다시는 푸름을 찾지 못한 채
낙엽은
낙엽 위에 낙엽으로 눕는다

- 「낙엽이 눕는다」 전문

가을의 낙엽을 바라보는 시인들의 감성은 비슷한 점이 많다. 하지만 이 시는 낙엽이 바람에 날아다니는 모습을 꽃나비와 비유하면서 마치 생명이 다한 것이 새로운 생명성을 갖고 있는 느낌을 준다. 이런 부분이 라춘실 시인의 시적 담화에서 느낄 수 있는 개성적인 결이다. 시인의 내면적 아름다움은 이런 표현에서 그 결이 드러난다.

낙엽은 시간에 의해 자연적 변신을 한 모습이지만 부서지지 않은 채 잠시 돌아다닌다. 어쩌면 생명을 다하고서야 새로운 세상을 만나러 갈 수 있는 자유의 몸짓일 수도 있다. 낙엽이 "숲을 빠져나가려는 몸부림"으로 표현된 것은 운명과 희망이 겹치는 가치를 생각하게 한다. 낙엽이 비 되어 쏟아지는 풍경에 화자와 독자의 감성이 교차된다. 낙엽은 푸름을 찾지 못한 채 자유낙하로 저마다의 자리를 잡지만 "낙엽 위에 낙엽으로 눕는다" 구절에서 시인은 오히려 낙엽의 정서가 결코 허무만은 아님을 암시하고 있다. 낙엽의 삶과 죽음을 시인의 삶과 죽음에 비추고 있으면서도 긍정적으로 낙엽의 운명을 인정함과 동시에 아름답고 소중한 의미로 받아들이고 있다.

이렇듯 자연의 속성을 잘 헤아리고 의미화 하여 인생의 긍정적 에너지로 받아들이는 점이 바로 작가의 개성이라 할 수 있다. 이 부분은 〈지금 그냥 너무 좋다〉라는 시에서도 엿볼 수 있다.

아우성 요란한 비바람이 할퀴어도
모든 고통과 시름 놓아버리고
맑고 고운 빛깔로 옷을 입었다

시원한 바람에 상처 아물었는지
우리를 위로해주는 가을 산은
풍요의 열매로 기쁨을 나눠 준다

지난 가을과 다르게 물들어도
또 다른 추억을 덧칠하며
붉게 물들어가는 가을 산

붉은 빛이 진할수록 아름다움도
슬픔과 아쉬움으로 짙어진다

지금 그냥 너무 좋다

- 「지금 그냥 너무 좋다」 전문

　이 시에서 라 시인의 긍정적 사색은 가을산을 비바람
이 할퀴어도 모든 고통과 시름을 놓아버리고 맑고 고운
빛깔로 옷을 입은 산으로 시작한다. 그리고 시원한 바람
에 상처가 아물었는지 우리를 위로해주는 가을 산은 풍

요의 열매로 기쁨을 나눠 준다. 여기서 감사, 기쁨 등의 긍정적인 감정을 보게 된다. 따라서 '열매'는 상처를 잘 아물게 한 흔적이면서 동시에 새로운 용기와 희망을 갖게 한 긍정적인 감정의 비유라 할 수 있다.

"지난 가을과 다르게 물들어도/ 또 다른 추억을 덧칠하며/ 붉게 물들어가는 가을 산"은 "붉은빛이 진할수록 아름다움도 / 슬픔과 아쉬움으로 짙어진다"는 표현으로 이어지는데 이는 내면에 간직한 추억이 아름다우면서도 슬픔, 아쉬움이 혼합되어 있음을 내포하고 있다. 그러나 그 슬픔의 감정이 아쉬움에만 머물러 있지 않다. "지금 그냥 너무 좋다"는 마무리가 고통과 시름, 슬픔과 아쉬움이라는 복합적 감정을 긍정적으로 정리하면서 반전을 보여주고 있다. 자연에 동화된 삶은 삶의 변화와 감정을 자연으로 비유하고, 그 속에서도 긍정적인 태도와 감사하는 마음을 유지하려는 의지라 할 수 있다. 비록 추억이 아파도, 그리고 세월이 흐르면 지워져야 할 아픔에 오히려 진한 슬픔으로 올라오곤 해도 라 시인은 결코 슬픔에 매몰되지 않는다. "지금 그냥 너무 좋다"는 표현에서 확연히 증명된다.

라춘실 시인은 황해도 사리원에서 태어나 전쟁을 겪은 세대지만 자유의 의지를 갖고 살아가는 가운데 부정적 과정보다 긍정적 사고가 지닌 힘이 더 삶을 유연하게 하는 것임을 체득한 작가다. 따라서 푸른 빛이 많이 바래진 나이가 되었지만 결코 가슴에 간직하고 있는 푸름은 놓치지 않고 있기에 작품마다 긍정의 메시지를 담고 있다. 그리고 작가로서 예리한 감성으로 자연과 인생을 탐색하면서 아무리 사소한 일상이라도 탐색하여 얻은 철학을 자신의 언어로 표현하는데 주저함이 없다. 어쩌면 라 시인은 나이가 들어간다는 자체를 계절의 변화, 순환의 이치로 받아들인 넉넉한 품을 이미 터득한 까닭일 것이다.

예리한 감수성으로 탐색한 진심의 언어

자연을 소재로 한 작품은 자연을 찾아다닌 작가의 부지런함과 그 자연을 관찰하고 내면으로 숙성시키는 지혜, 그리고 그런 과정 속에서 사색의 폭을 넓고 깊게 다듬은 작가적 기질을 가늠할 수 있다. 라 시인이 자연의 법칙 속에서 받아들인 삶의 생명성, 그리고 그 생명성에 투영시킨 인생관을 살펴 보도록 하겠다.

언제부터 그곳에 있었는지
어떤 모습으로 살아왔는지
가지 위
까마귀는 알고 있을까

혼 떠나 백골만 남은 가지들
바람도 구름도 맴돌다 떠나고
까마귀 검은 날개 활짝 펴
위로하듯 비행한다

계절의 반복을 멈춘 고사목
더이상 봄을 기다리지 않고
오고 가는 산객들에게
아픔을 숨긴 침묵으로 답한다

영원한 것은 없다고
석양을 향한 하얀 고사목
알몸으로 기도 드린다

- 「수리봉 고사목」 전문

　시인의 눈에 무심히 지나치는 풍경은 없다. 고사목까지도 시인은 자신처럼 기도하는 무언의 생명체로 본다. 고사목을 바라보는 시인의 시선에서 라 시인은 삶의 여러 단계를 거치면서 다양한 감정을 경험하고, 그것들을 솔직하게 표현하려는 사람임이 느껴진다. 삶의 변화와 운명을 자연의 법칙과 비교하며 인식하고 있다. 고사목은 사실

생명성을 잃은 나무다. 그러나 스스로 봄을 보여 주고, 더 이상 푸름을 보여 줄 수 없는 존재이지만 생명성을 잃었다는 현실을 평화롭게 받아들이고 있다. 이 부분이 중요하다. 생명성을 잃었지만 자연의 일부로 존재되는 그 자체만으로도 다른 관계와의 소속감을 중요하게 여기는 작가의 인생관이 투영되었음 발견할 수 있다.

사소한 일상이 시로 표현되는 즐거움

20년 전만 해도 개가 상전 노릇하는 시대가 될 거라 짐작한 사람이 흔하지 않았을 것이다. 그러나 지금은 반려자는 없어도 반려견과 사는 이들이 많다. 하찮은 생명은 없다. 그리고 나와 사는 또 다른 반쪽이 사람이 아니라도 자신의 삶에 도움이 된다면, 정 쏟고 사는데 사람보다 나은 존재가 있다면 뭐라 할 수 없다. 몇 년 전부터 산책길에 많은 이들이 반려견들과 함께 한다. 그런 풍경을 볼 때 언어가 달라도 마음이 통하는 존재가 무엇인가를 생각하게 된다. 라 시인의 작품에도 강아지를 데리고 나와 산책하는 젊은이가 나온다.

강아지 앞세우고
산책하는 젊은이

지나치던 또 다른 여인

강아지 핑계로 말을 건넨다

여자에요 남자에요

걸음을 멈춘 여인이 여자에요

젊은이는 남자에요

몇 살이에요 하고 묻는다

여섯 살이요, 여인이 답한다

애는 일곱 살이에요

외로움과 외로움이

짧은 대화를 끝내고

각자의 길

강아지 앞세우고 걷는다

이 광경 보는 노인들

부모에게 관심 좀 가지지

혀를 차며 투덜거린다

그래, 그들 또한 외로워

강아지를 질투한다

- 「외로움과 외로움」 전문

현대인의 외로움, 그리고 그 외로움이 더욱 소통을 엇

나가게 하는 경우가 많다. 이 시를 읽으면 천방지축인 강아지의 건강과 외로움까지 생각하는 사람도 결국은 '부족함' 그 어떤 정서에 고립되어 있구나 하는 생각을 하게 된다.

이 시는 어느 산책로에서든 흔히 볼 수 있는 장면이다. 강아지 앞세우고 산책하는 젊은이와 여인은 강아지를 핑계로 말을 건넨다. 외국영화에서는 가끔 보던 장면이 이제는 우리 일상의 장면이 되었다. 분명 그들은 반려견과 함께 멋지게 사는 것인데 그들이 나누는 대화에서 외로움, 부족함, 갈증 등의 감정이 드러난다. 또한 "외로움과 외로움이 / 짧은 대화를 끝내고/ 각자의 길/ 강아지 앞세우고 걷는다"는 표현에서는 무관심, 무력감, 상실감 등의 감정도 읽게 된다. "이 광경 보는 노인들 / 부모에게 관심 좀 가지지/ 혀를 차며 투덜거린다"는 표현이 결코 그 노인의 말이 아니다. 무심히 지나갈 수 없는 화자의 심경을 보여준다. 결국 현대인들이 강아지와 같은 반려동물을 통해 외로움을 해소하고 있고, 해소를 시도도 하지만, 그것으로도 충분하지 않다. 진정한 소통과 관계가 필요하다는 메시지를 보여 주는 작품이다.

고향이 없다던 아이의 고향은 시

그리움은 고향을 얻는다. 태어나 자란 곳이 그 어딜지라도 마음 두고 있는 곳이 고향이라고 말하는 사람도 많다. 고향을 몰라서가 아니라 마음이 지어가는 고향을 둔 이들이 많다. 라 시인에게 고향은 '그리움'의 실체다. 고향이 없어서가 아니라 현재 고향이 부재중이라 할 수 있다.

황해도 사리원에서
피난 내려간 부산에서
초등학교 입학을 했다

3학년이 되던 때
아버지 직장 따라
서울로 이사를 했다

집은 공장 옆 창고
넓은 공터에 옥수수도 심고
오리도 몇 마리 키웠다
마음 붙이고 살 곳이니까

어느 날 집에 오는데
새 친구가 여름방학에 외갓집에 간다고 자랑이다

너는 고향이 어디냐고 묻는다
이북에서 왔다고 대답하려다
다시 갈 수 없는 곳이라는 생각에
고향이 없다고 했다

나는 왜 그런 대답을 했을까
그 아이는 어떤 생각을 했을까

- 「고향이 없다던 아이」

라 시인은 이 시를 통해 고향을 잃고 흩어져 살아가는 아이의 슬픔과 외로움이 무엇인지를 보여 준다. 시에서 아이는 자신의 고향이 어디인지 말할 수 없는 상황에 처해 있고, 그 하나만으로도 다른 친구들과 다른 삶을 살고 있는 이의 감성이 잘 표현되어 있다.

라 시인은 시에 직접적으로 표현하지 않았어도 전쟁과 분단이 남긴 상처와 아픔, 애절하고 서글픈 분위기가 무엇인지 독자가 잘 느낄 수 있게 해 주었다. 시인은 아이의 입장에서 자신의 삶을 표현하면서 동시에 국가의 역사와 운명을 반영하기도 했다. 고향이 없다는 말로 아이의 심정이 간결하면서도 감정이 강하게 전달되고 있는데 이것이 바로 시의 매력이다.

이제 라 시인의 고향은 시다. 라 시인은 일상의 풍경을 언어로 담아가며 나이는 먹어도 결코 푸름을 잃지 않는 아름다운 정신을 보여 주고 있다. 누가 아름답게 나이드는 비결을 묻는다면 고향이 없다던 아이 라춘실처럼 영혼의 시를 쓰는 것이 가장 좋은 비결이라고 말할 수 있을 것 같다.

아름다운 성품이 언어로 드러날 때 시가 되고, 그 시가 뼈저린 삶도 아름다운 결로 표현될 때 미학적 완성도가 이뤄진다. 이 시집을 읽는 동안 진심으로 살아온 모습을 푸른 연가로 그려낸 팔순의 시인에게서 아름다움이 가득 느낄 수 있었다. 그에게 이제 고향은 그립기만 한 땅에 존재하지 않는다. 푸른 영혼에 이미 시적 고향이 진지하게 자리잡고 있기 때문이다. 앞으로도 건강하게 그 고향의 연가를 푸른 언어로 풀어내길 기대해 본다.